Aimer! Rêver! Pleurer!

LOUIS AUBERT

LES PRIMEVÈRES

POÉSIES

Préface de Louis JEAMBRUN

« *Nos cœurs comme l'Avril donnent des Primevères ;*
« *Pourquoi sont-ils régis par des lois plus sévères ?* »
Albert MÉRAT.

PIERRE
IMPRIMERIE J. BERRY

1901

Aimer! Rêver! Pleurer!

LOUIS AUBERT

LES

PRIMEVÈRES

POÉSIES

Préface de Louis JEAMBRUN

« *Nos cœurs comme l'Avril donnent des Primevères ;*
« *Pourquoi sont-ils régis par des lois plus sévères ?* »
Albert ***MÉRAT.***

PIERRE
IMPRIMERIE J. BERRY

1901

LOUIS AUBERT

LES PRIMEVÈRES

POÉSIES

Sous différents pseudonymes et anagrammes, des journaux français et étrangers ont publié des vers, des contes, des articlès de l'auteur.

OUVRAGES EN PRÉPARATION :

Bouquet de Pensées, Poésies.
Les Chants du Grillon, Rêveries.
Brise du Soir, Mélodies de Printemps.
Après l'Orage, stances.
Pauvre petite Fleur ! Méditations.
Mélancolie ! Tristesse ! Poème.
A l'Orée du Bois, Mélodies.
Dans la Brume, Cantilène.
Bruyères et Muguets, Souvenirs.

PRÉFACE

Ami! Vous nous offrez votre âme! Vous avez
Noué d'un lien d'or toutes ces fleurs écloses,
Et les rythmes d'amour et de bonheur rêvés,
Vous nous les cadencez ce jour, en rimes roses.

Loin de l'orchestre fol des villes somptueuses
Vous avez écouté votre âme — simplement —
Dans l'intime douceur des forêts ténébreuses,
Dans l'intime douceur d'avoir été l'Amant!

Votre harpe a passé, le soir, le long des fleurs
Comme un rêve d'amour qui chante dans la brise,
Et le clair de lune a coulé dans votre cœur
Où le songe des nuits s'estompe et s'indécise.

Enamourée et lente de ses harmonies,
Votre âme est l'ingénue aux yeux couleur d'ivresses
Et, rassemblant ses plaintes et ses symphonies,
Elle montre aujourd'hui ce que sont ses caresses.

Je l'aime, votre livre, Ami — Car une nuit,
Comme ces fleurs en ma chambrette s'effeuillaient,
Je crus entendre alors dans l'ombre comme un bruit...
Comme un bruit de baisers s'envoler des feuillets!

Je l'aime, votre livre, Ami — Car je louange
Celui qui, bienheureux de sa seule Beauté,
Chante sans s'effrayer de ses pensers étranges,
Chante selon son cœur et sa simplicité !

Ah ! des frissons de robe ont hanté votre vie,
Votre chanson abonde en touchants souvenirs :
On y sent la musique bonne, indéfinie,
Du vrai bonheur, celui qui ne veut pas finir !

Puis, lorsque vous serez tout seul, quand vous serez
Tout seul, rêveur, en votre chambre, parfumée
Et de fleurs et d'amour, alors vous entendrez
La chère inflexion d'une harmonie aimée.

Ce sera l'Autrefois — dans le silence et l'ombre —
Qui vient dire un cruel, mais aussi doux adieu ;
Et vous serez — pleurant dans votre logis sombre —
Un peu plus que Poète et un peu moins que Dieu !

Louis JEAMBRUN.

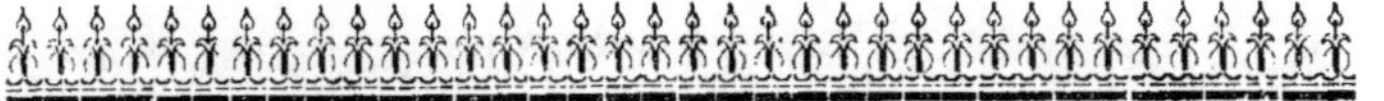

PRIMAVERA

CHANSON D'AVRIL

A deux jolis yeux.

Avril, c'est le printemps ; Avril c'est la nature
Se réveillant enfin dans les vallons déserts,
C'est le buisson fleuri, c'est l'onde qui murmure,
C'est le ruisseau qui fuit au milieu des prés verts.

Quant Avril frissonnant, voilé de brumes claires,
Se lève le matin sous une aurore en fleurs,
L'hirondelle revient habiter les chaumières ;
Tout est calme et plaisir dans la nature en fleurs.

La fraîche primevère a mis sa note blanche
Et le gai rossignol jette ses chants joyeux ;
Le souffle du zéphir balance chaque branche,
Agitant doucement les bois silencieux.

L'arbre va retrouver son verdoyant feuillage,
Le pinson fait son nid dans les buissons épais ;
Seuls, les oiseaux chanteurs de leur joyeux ramage,
Troublent des frais vallons le silence et la paix.

Là, le chant du coucou, dans sa monotonie,
Répété tristement par un écho lointain,
Jette au fond des grands bois sa plaintive harmonie,
Mélancolique et doux comme un dernier refrain.

L'air est tout parfumé de senteurs printanières,
L'humble violette exhale son odeur,
Les jardins sont parés de leurs fleurs premières,
Chaque chose ici-bas rappelle le bonheur.

UN ANGE

A Mignonne.

Elle avait des yeux noirs pleins de langueur créole,
Sa chevelure brune semblait une auréole,
Sa lèvre fraîche et rose aspirait le baiser...
Oh ! c'était bien un ange, un ange du ciel même !
Je me mis à genoux et je lui dis : « Je t'aime !
« Et près de toi je sens mon être s'embraser !...

« Je t'aime pour toujours et mon âme est ravie !
« Et même c'est trop peu que cette humaine vie,
« Je veux l'éternité, je veux le paradis !
« Sans toi, sans ton baiser, le paradis, ô femme,
« Pour moi serait l'enfer, et mon tourment infâme
« Serait de ne plus voir jamais tes yeux exquis !

« N'est-tu pas une fleur céleste et sans pareille ?
« Ta grâce m'éblouit !... Moi je suis une abeille,..
« Laisse-moi butiner pour ton cœur nuit et jour,
« Laisse-moi recueillir ce suprême dictame,
« Ce miel délicieux, ineffable : l'Amour ! »

PORTRAIT

SONNET

—o—

A Marg...

Impuissance du vers !... Pour la peindre que n'ai-je
Ton pastel, ô Latour, ou ta brosse, Wateau !...
Paupières aux longs cils, front que jamais n'assiège
Le souci ; regard vif, mais profond comme l'eau

Cheveux châtains foncés qui, sur son col de neige,
Délivrés de leurs nœuds, roulent comme un ruisseau ;
Air de tête à donner le délire au Corrège
Qui vaincu, jetterait loin de lui son pinceau.

Teint délicat, avec des reflets d'ambre pâle,
Nez droit et fier de coupe, visage ovale
Plein d'aristocratie, et lèvres de carmin ;

Sourire lumineux, voix plus douce que celle
D'Ophélia, cueillant les fleurs du romarin !
Tous ces rares trésors sont réunis en elle !...

LES TROIS COULEURS

A mon vieil ami Louis D...

Dans une sente ombreuse, avançant pas à pas,
Frôlant les rameaux verts, caressant les lilas,
Je laissais mes regards errer à l'aventure,
Quand je vis une fleur briller dans la verdure.

Comme je me baissais pour la mieux admirer,
J'entendis dans un souffle une voix murmurer :
« Poète, écoute moi : je me nomme Pervenche ;
J'ai le bleu de bonté — mais je suis la Revanche ! »

Une autre voix soudain fit tressaillir mon cœur,
Et je vis là, tout près, une seconde fleur ;
« Je suis le Cyclamen, j'ai le blanc d'innocence,
Mais couleur d'étendard — je me nomme Vengeance ! »

Puis j'entendis gronder un tout rouge Glaïeul :
« Moi, pour les ennemis je serai le linceul !
Au vent je claquerai le jour de la bataille ;
Je suis dans le drapeau — l'amère Représaille ! »

Comme je me levais, à l'aspect des trois fleurs,
De l'étendard français, je vis les trois couleurs !
Respectueux, ému devant la confidence,
Je mis le chapeau bas et saluai la France !!...

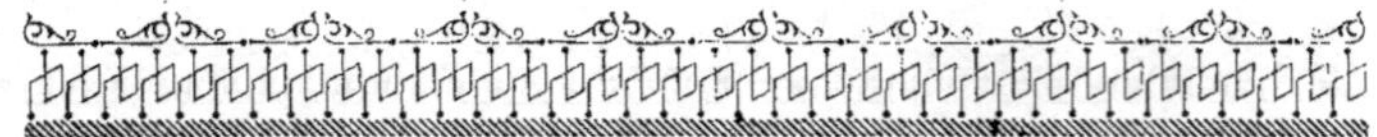

TON NOM

A Gr...

Le regard timide d'une vierge craintive,
Le chant du flot d'azur qui caresse sa rive,
Le doux frémissement du bois quant naît le jour,
L'ineffable parfum des roses éclatantes,
Le murmure joyeux qui sort des vertes sentes,
L'enivrante chaleur des caresses d'amour !

Le front brillant et pur de l'aube scintillante,
Le sourire divin de l'étoile brillante,
Les sons purs et lointains de la harpe des cieux,
Le bruit faible et charmant des ailes du zéphire,
Les plus doux chants d'amour d'une céleste lyre,
Le tendre bégaiement d'un enfant gracieux !...

Les soupirs de l'écho quand le vallon s'éveille,
Les serments éternels d'une bouche vermeille
Qui pleure en souriant et demande pardon,
Les rêves innocents d'un ange qui sommeille,
Mignonne, ô mon amour, sont moins doux que ton nom !

CHANTS DU SOIR

SOUVENIRS BOURGUIGNONS

Très affectueusement à Mademoiselle J...

I

Avril, mois parfumé d'ambroisie et de rose !
Avril, doux moins d'Avril, mois des plaisirs !
Avril, mois des baisers, saison des souvenirs,
Où toute la nature a son apothéose !
C'est le soir que je t'aime au coin d'un bois le soir,
Sous ton ciel constellé, tout brillant de lumière,
J'aime à rêver tout seul, sous la clarté lunaire,
Pendant que tout se tait dans le fond du bois noir.
J'aime aussi sous ton ciel, les marches poétiques,
Lorsqu'on passe tous deux en se causant bien bas,
Lorsque la feuille morte assourdissant les pas,
Que le vent gémissant dans les branches antiques ;
Les baisers embaumés de roses, de lilas,
Les soupirs se mêlant aux plaintes éternelles
Du zéphir, et les voix faibles causant entre elles,
Pendant que Elle et Lui marchent à petits pas.
Tout jette un calme étrange en mon âme rêveuse !
Je me sens enivré par de beaux rêves d'or,
Pendant qu'autour de moi, tout s'éteint et s'endort
Dans le calme brillant de la nuit amoureuse !

II

Sous un beau ciel d'Avril le soir, oh ! qu'il est doux
De se sentir perdu loin de tout, loin de tous,
D'errer lentement dans ces limbes irréelles,
De vaquer au hasard sous des clartés nouvelles,
De fuir, de s'élever vers des cieux azurés,
D'écouter, au lointain, des ruisseaux ignorés
Le murmure charmeur, l'harmonieux murmure !
Chantez, chantez pinsons, chantez dans la ramure.
Vous, rossignols légers, égayez les grands bois,
Charmez les amoureux du son de votre voix.
Et toi, Nymphe d'Avril, belle nymphe légère,
Viens danser, viens chanter, fais résonner la terre.
Viens charmer le Poète errant dans les ravins,
Dis-lui tout bas ces mots... ces mots... ces mots divins
Que tu ne dis qu'à lui, car seul il peut t'entendre :
« Je t'aime mon poète, oui j'aime ton cœur tendre,
« Egarons-nous tous deux dans ces sentiers charmants,
« Enivrons-nous de l'air, voluptueux amants !...
« Oh ! qu'il est doux le soir de rêver dans les bois,
« De nous bercer tous deux du son de notre voix !... »
. . . .
Avril, mois parfumé d'ambroisie et de rose,
Où toute la nature a son apothéose !
C'est le soir que je t'aime au coin d'un bois, le soir,
Sous ton ciel constellé, tout brillant de lumière,
J'aime à rêver tout seul, sous ta clarté lunaire
Alors que tout se tait dans le fond du bois noir !

LES REGRETS D'UNE VIERGE MOURANTE

A une rêveuse.

« Avril est de retour, tout renaît dans les champs ;
« De gazons émaillés la rive se décore,
« Sur les rameaux en fleurs humides de l'aurore
« L'oiseau recommence ses chants...
« Ah ! je veux l'écouter encore !

« Pour les yeux d'un mourant le soleil est trop beau ;
« Pour aimer les cyprès trop d'arbres reverdissent...
« Comme l'arbre, à leur tour, que mes jours refleurissent!
« Est-ce pour orner mon tombeau
« Que les roses s'épanouissent ?

« Est-ce pour m'endormir de mon dernier sommeil
« Que la brise a repris son suave murmure ?
« Que gémit le ruisseau, que frôle la verdure,
« Et que tout chante le réveil
« De la riche et belle nature !

« La colombe roucoule au sommet du clocher
« Et la prairie en fleurs étale ses richesses ;
« Sous les taillis touffus c'est l'heure des ivresses...
« Ah ! me venez-vous reprocher
« L'impuissance de mes caresses ?

« Chaque soir quand s'endort la Ville, tout là-bas,
« En une rumeur sourde... être deux, rire ensemble,
« Se perdre dans les bois, et dès qu'un rameau tremble,
« Frissonner, se parler... bien bas!
« Si j'osais... Mais je ne puis pas!...

« De bassin en bassin, tombez en cascatelles,
« Et folâtres, jouez sur la pelouse en fleurs,
« Courez, humbles ruisseaux, dont les voix éternelles,
« Plus douces, en Avril, plus belles,
« Ont des chantonnements berceurs...

« Je sens la mort m'étreindre et s'en aller ma vie...
« Lentement... comme un rêveur en un beau soir d'été...
. . . .
Et l'oiseau sur la branche, alors n'a plus chanté,
Pendant que la Vierge endormie
Reposait pour l'Eternité!

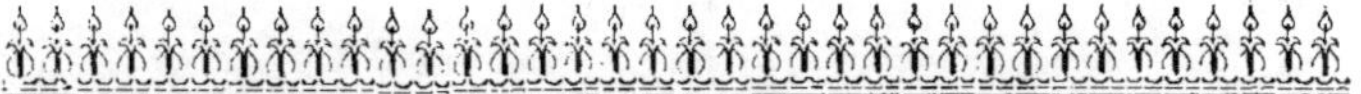

SOUVENIRS DE LA BASOCHE

UNE EXPULSION

RÉCIT

A M. Bidat.

C'était une mansarde à la muraille grise,
Que le soleil d'hiver, à l'heure de midi,
Jamais n'illuminait d'un rayon attiédi.
Dans ce sombre réduit ou s'infiltrait la bise,
Une fillette blonde et frêle était assise,
Et là, près du foyer, l'aïeule aux cheveux blancs
Tenait un pâle enfant entre ses bras tremblants.
Comme une simple fleur éclose dès l'aurore
Et qu'au milieu du jour effeuillent les autans,
Des deux pauvres petits, la mère, jeune encore,
Etait morte un matin, un matin de printemps,
Surpris à notre aspect, l'enfant et la fillette
Nous regardaient tous deux de leur œil étonné ;
La vieille dans son coin était grave et muette :
Son pauvre cœur déjà nous avait deviné,
Nous venions expulser !... Cette pauvre couchette
Où le frère et la sœur souriaient au matin,
Ce mobilier boiteux, épars en cette chambre,
Viendraient s'échouer là sur le bord du chemin !

Sans pitié, sans égards, par ce froid de Novembre
Qui glaçait du bambin les membres engourdis,
Ces deux enfants seraient chassés de leur taudis
Nous venions expulser... et le malheureux père,
Le soir, à son retour, verrait avec effroi,
En larmes et serrés contre leur vieille mère,
Les deux pauvres petits tout grelottants de froid.
Son crime était bien grand; sur son maigre salaire
Il n'avait pu du mois prélever le loyer.
Et supplications, promesses de payer
Tout avait été vain. Le vieux propriétaire
Avait dit de ce ton de bourgeois parvenu,
Qui ne souvient plus des heures de misère :
« Est-ce ma faute, à moi, si l'automne venu,
« Le pauvre d'un haillon se couvre la poitrine,
« Souffre le froid, la faim et marche le pied nu ?
« Est-ce ma faute? Non! Qu'importe la famine ?
« Avant tout, moi, je veux mon revenu ! »
Vestiges d'une aisance à jamais disparue,
Mobilier délabré, misérables débris,
A peine, en ce moment un à un dans la rue,
Furent abandonnés, épars sous le ciel gris.
L'enfant surpris de voir se vider la chambrette,
Bientôt avait battu des mains ; il pourrait mieux,
Disait-il, contempler de sa blanche couchette
L'étoile qui la nuit scintillait dans les cieux.
La pauvre vieille en proie à la douleur amère
Regardait s'achever cette épreuve dernière...
Et quand il ne resta plus rien dans le logis,
Comme sous le fardeau du grand âge pliée,
Elle partit, les yeux par les larmes rougis,
Chancelante, toujours sur sa fille appuyée.

. . . .

Au retour, je la vis, l'aïeule aux cheveux blancs
Tenait encore l'enfant entre ses bras tremblants !...

UNE FLEUR

SONNET

A M...

Quand je reçus la fleur, elle était desséchée,
Mais de vos yeux de flamme elle avait pris l'éclat ;
Du pistil frémissant, votre lèvre approchée
Lui laissa le parfum de son doux incarnat.

Sur le bord violet, sa corolle arrachée
Laissait voir d'une épine un cruel attentat ;
Mais la poussière d'or trahissait, détachée,
Le suave contact d'un baiser délicat.

Dans mon cœur l'amitié était à l'aube encore.
Lorsque votre Pensée, éblouissante aurore,
Lui révéla soudain le monde des élus.

Je prenais tout tremblant la fleur enchanteresse
Pour ravir le baiser... Je ne me souviens plus...
La coupe où je buvais m'avait versé l'ivresse !

BLEU ET NOIR

Au jeune poète Louis Jeambrun.

Dans l'air gris-bleu, sur le ciel bleu,
Phébé, tendre comme un aveu
    Passe en riant aux choses.
Bleu est le bois qui soupire
Bleus tes vers et bleue ta lyre
Chantant parfois l'Amour, les roses.

Bleue la montagne au ton changeant,
Bleu le flot au reflet d'argent,
    Bleu le jour qui se lève.
Bleu l'astre qui met des blancheurs
Sur nous les amoureux chercheurs
    Des pays bleus du rêve.

Noir est le flot qui chante aux grèves,
Noirs mes pensers et noirs mes rêves
    Comme aussi mon réveil.
Noirs les bas-fonds où bat mon ancre
Et sur les cieux barbouillés d'encre
    Noir parfois mon soleil.

SUR LE LAC

RÊVERIE

A Elle.

Le lac était d'azur ; sur le bord du rivage,
Dans les grands chênes verts, un rossignol rêveur
Troublait seul, par son chant si doux, divin ramage,
Le calme de la nuit ; il parlait de bonheur !..
Le ciel illuminé par des milliers d'étoiles,
Formait sur nos deux fronts un dôme velouté ;
Un tiède et doux zéphir faisait gonfler les voiles
De notre frêle esquif mollement balancé ;
Enveloppant sa tête, un fichu de dentelle
Retombait sur son sein en plis voluptueux ;
La lune se mirait dans sa noire prunelle
Et dans un doux rayon remontait jusqu'aux cieux.
Assis à ses genoux, ma main dans sa main blanche,
Nous nous laissions bercer sur le flot indolent,
Pendant que sur la rive une pâle pervenche
Recevait les baisers du papillon tremblant.
Oh ! que j'étais heureux de sentir son haleine
Effleurer mes cheveux quand elle me disait :
« Je suis heureuse, ami, heureuse d'être reine
« Du cœur aimant et fier qu'amitié me gardait ! »
J'aurais voulu finir mes jours dans cette ivresse

Et mourir à ses pieds pour un de ses baisers ;
J'aurais sacrifié pour mon Enchanteresse
Tous les biens du monde où l'on ne sait aimer...

Depuis quelques instants nous cotoyons la rive,
Quand un choc violent vint à me réveiller ;
Le jour montrait déjà une lueur hâtive...
Ton bonheur est parti, Poète, va travailler!...

LA VALLÉE DE BAUME

STROPHE

A mon ami René V...

Connais-tu Baume et sa verte vallée
Et des « Echelles » la sente dentelée ?...
Son frais ruisseau murmurant, capricieux,
Reflétant sa candeur dans l'infini des cieux ?
Les connais-tu les ondes tumultueuses
De la Vallée aux roches sinueuses ?
Les chemins tout fleuris, poétiques sentiers
Tout parfumés de thyms, d'œillets et d'églantiers ?
Et le riant feuillage si cher aux amoureux !
Que de fois il surprit un regard langoureux
Suivi du doux baiser de deux lèvres mi-closes
Pendant que le zéphir faisait naître les roses ?...
Connais-tu, mon ami, le Café du Moulin ?
Ses tonnelles, sa table et son vin cristallin ?
Touristes ou amoureux, visiblement émus,
Ne quittent qu'à regret le « Vieux Moulin Camus !... »

. . . .

Les connais-tu, dis-moi, ami, les connais-tu !...
Viens dans ces lieux aimés et ne les quittons plus !...

TON SOUVENIR

A J.-M. G...

Ton souvenir est pour moi bien des choses :
Il est l'air pur que l'on respire aux champs ;
C'est le parfum des plus suaves roses,
C'est le zéphir amoureux du printemps.

Ton souvenir est le soleil qui brille
Au firmament par un beau soir d'été ;
C'est dans la nuit l'étoile qui scintille.
Regard discret de la divinité.

Ton souvenir, résonne à mon oreille
Comme le chant du rossignol aimé ;
Ton souvenir est la fleur qui s'éveille
En entr'ouvant son calice embaumé.

Ton souvenir doux talisman que j'aime,
A chaque instant vient sourire à mes yeux ;
Ton souvenir est un charmant poème,
Dont chaque mot me redit tes aveux !

TABLE DES MATIÈRES

A PARAITRE PROCHAINEMENT :

LES

CHANTS DU GRILLON

RÊVERIES

Tiré à trois cents exemplaires
Pierre, le 31 octobre 1901.

V Berry

www.ingramcontent.com/pod-product-compliance
Lightning Source LLC
LaVergne TN
LVHW052020160826
845678LV00003B/1131

* 9 7 8 2 3 2 9 6 4 2 9 7 0 *